當葉子飄落，
你感受到生命的轉換；

秋風送來，
你感受到空氣間的抑鬱。

高敏的你，
總能更仔細的品味生命中的一切。

然而，
事物間帶來的信息，
都有機會是致敏原。

接收太多，容易令內心過度反應，
造成心靈過敏。

若然過敏，
會困擾著內心，
或會造成「精神內耗」呢！

皮膚過敏，要用心呵護；
內心過敏，讓我們好好保護。

Dustykid®

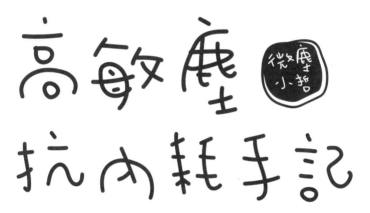

高敏塵 抗內耗手記

目錄

讓我們一同看看高敏塵的故事吧！

塵，飄落四周，
自有意識開始，
已和人類一同相處。

人的生命，充滿喜怒哀樂，
塵就是這樣陪伴著人類慢慢成長。

塵在人與人之間，
學習了價值觀，
擁有了智慧，

建立了愛。

塵總能發現處於暗角被人忽略的傷心者；

塵總能聆聽每個人心聲背後的真實聲音，
並加以安慰。

塵的腦海會不斷為別人想出完美方法，
為迷途的人指引去路。

塵會親身感受到別人的痛，
當別人傷心，他也傷心。

塵會在每個困境，挺身而出，
為人解難，幫人連結。

塵發現他的敏銳感官可為他
實現更多愛，

塵很快樂！

塵後來知道，
這與生俱來的特質
叫「高敏型人格」。

同時……

塵的眼漸漸看見事物裡很多不完美之處；

塵的耳漸漸
聽到很多討厭的信息、是非。

塵總是在腦海假設情況、預想情況，想了很多，
但事情又是否如想像發展？

塵發現自己有無限多
需要改善和進步的地方……

由於塵心中滿滿的愛意，
使他常常考慮別人、考慮世界；

也由於塵高敏的特質，
他總是能發現苦難的人、發現社會不公的事……

但身體的能量只有這麼多，
每一次，塵只有透支自己去處理一個個狀況。

雖然知道這樣做是沒有止盡的……

但塵的愛，加上敏銳的感官，
使他沒法忽略、沒法裝作不知道。

內心和身體的矛盾，
理性和感性的衝突與日俱增。

常常令塵感到疲累……

高敏的塵，精神漸漸內耗了。

正常的高敏人

高敏的人，能好好感受世界的一切，
若然可以好好處理身體的敏感度，
便能與現實取得平衡。

過敏的高敏人

但當對外面信息處處有反應，
容易令內心想法和身體能量出現不平衡。

這個情況，就是所謂的「過敏反應」了。

嚴重過敏者，
會覺得生活的信息像狂風四面八方般襲來，
體力、精神、原則，甚至生活的節奏等，
都變得沒法控制和掌握。

「過敏了，該怎麼辦？」

很多很多困擾衝來、
很多很多信息襲來，
當塵發現自己被這些「致敏原」纏繞，
愈來愈疲憊了，
更加沒有能量解決內心的衝突。

塵的能量漸漸地被他的意識所耗盡，
塵知道，他內耗了。

為了避開致敏原，
塵察覺要讓自己暫時逃離世界。

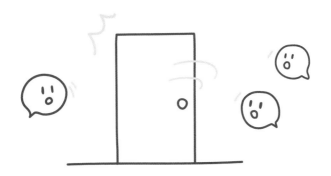

塵閉上門，蓋上電腦，停止一切的信息收發。
好好整理最近的感受。

「塵做得很好呢！」

他此刻的確要在自己的房間裡面獨處，
在平靜的空間中尋找解決的方法。

作者序

人生首次出現高敏感特質，大概出現在我十二、三歲時。
外間的一樹一木、他人的一言一語仿似也能牽動情緒。

當時的我未知道這叫「高敏」，更想不通為何自己在社交和
人際關係中總是顯得疲倦不堪，也常因為過分自省而懷疑自身能力
和價值，即使在美好的一日過去後，回家我仍是會為了過程中
少許的瑕疵而耿耿於懷。

這種內在的壓抑和情感的矛盾，令我整個青年期都是迷糊地過去。

長大後的我即使歷練多了，也經常承受不了世界給予的信息，
無論是被我理解的，還是誤解的資訊，也不斷地令我
每日想得太多、反應得太多。

幸好透過了創作幫助我去表達及抒發內心的感受，
我才在高敏的風暴中找到立足的位置。

後來，我發現身邊原來也有很多高敏人正過著如我
以前一般內耗的生活。

我希望透過塵的表達，加上我自身的經驗，寫下手記，
給予高敏人一些靈感，可以從中思考並得到啟發，最重要是知道
——你不是孤獨的！

高敏的感官並不是想我們在情感世界中受苦，
最初的原意必然是令我們更好的去體會世界。

所以我們才會因花開而樂、因雨下而悲傷；
因日照而喜悅、因月出而內心泛起一陣陣浪漫。

什麼是高敏人格？

常說我們因為生活繁忙
而忽略了身邊各樣的事和感受。

所以我們要靜下來，
重新認識自己的感官……

讓我們能夠以更好的「敏感度」
去感受世界的一切。

「高敏感特質」，
其實可以令我們更感知世界的一切，
是美好的存在。

只是，當過度吸收不好的信息，
被迫對它們作出反應，
就成了過敏。

過敏，會消耗我們內在的能量，
令我們失去生活的動力。

在床上，塵靜心休養，補充能量。

塵為何能感應出
別人難以覺察的細微信息？

就是塵的眼睛、耳朵、腦袋、
感覺、心，彼此相互配合，
形成了塵的高敏型特性。

這一切感官都是高規格的天賦產物。

「覺察別人臉色是你天生的本領。」

「你總是能聽出話語背後的意思。」

「你有預視未來的精密腦袋。」

「別人的痛你亦能深切體會。」

「你對情感的波動特別敏感。」

不斷內耗的塵，
到底發生了什麼事呢？
當中有沒有解決過敏反應更好的方法？

在半夢半醒間，
塵的高敏感官統統走了出來和他對話。

「就用高敏的感官感應自己吧！」

獨處的日子，
塵終於可以和敏銳的五感好好相處和溝通了。

五感在塵靜思的日子，
紛紛相聚，互相傾訴。

除了尋找問題的根源，
最重要是這種自修時光，
使塵感到能量有復甦的跡象！

塵的眼、
塵的耳、
塵的感覺、
塵的腦袋、
塵的心，
再次變得集中……

過敏的反應
慢慢變得平靜。

「有什麼正令我感到困擾的？」

「為什麼我會對那件事作出這麼大反應？」

「我如何可以忽略感應到的事？」

塵透過靜心地與高敏型感官對話，
從而學習和認識自己對每件事的態度，
希望能達至身體和內心的平衡。

塵知道這是治療內耗的最佳方法！

塵與高敏型眼睛

我的眼，
能讓我欣賞到造物主所創造的世界，
也令我看到生活中美麗的微小處。

觀察人們埋藏著的情感
及每個片段下的喜怒哀樂，
還有事情背後的故事……
也在眼前為我一一展現。

看得太多，有時也有點累。
不如現在就透過它的視角，
讓你更清楚地看到自己的存在吧！

總是能看穿事物盲點的你……

你的眼力，令你能夠
看見眼前事物需要改進的地方。

你曾積極提出，並想加以改善……

但你明白不是所有人都需要凡事完美。

然而你看見這個明知要改善的漏洞，

你焦慮，你不安，
你決定自己動手去解決，
你換來了安心，你也做了對的事。

這個世界有著無數個「不完美」
在等待你解決。

總在分析別人的臉色，累了嗎？

由於你精於觀察眾人的臉色，
從而作出令人歡悅的表現，
所以你獲得了不少人的歡喜。

你也因為這些讚美，繼續閱讀別人的反應，
不斷地說些別人愛聽的話，為的是討好別人。

一席間的相處，今天的自己又
扮演了令人快樂的角色！

可是看一看鏡子中自己的臉色，
又看不見臉上有真正的笑容。

你換來的不是快樂，而是疲累。

被別人看著，一定是自己有什麼做錯嗎？

留意每個眼神背後的信息，
你在兒時已經得到了這種訓練。

母親未說一句，你光看眼神，
就知道你要加快做功課的進度了。

朋友未說一句，你光看眼神，
就知道他想你留下或是離開。

你一直以來都
習慣自我反省，

每走一步，都有無數的眼睛監視自己，
所以必須每一步都走得準確，
不要讓人有批評的機會。

但其實他們的眼神，
真的每一個都在批評你嗎？

你的每一步看來都是那麼好，
當中會否有欣賞你的眼神存在？

總沒法看到完美的自己

因為很容易看到不完美的地方，
所以看自己也是充滿缺點。

自卑、不自信、沒法贊同自己，

全都是因為在我眼中，
我是如此的不完美。

所以很多時候，
我都在默默改變，希望默默進步！

不過，很久以後，
即使我眼見現在的我已改善很多……

我還是從中看到很多缺點，
我總是對自己不滿意。

<u>明明有很多可以改善的地方，</u>
<u>怎麼人人也看不見？</u>

有時你會覺得奇怪，
明明問題已放在眼前，為什麼人能接受？

是看不見嗎？
還是裝作看不見？

原來大家的標準並不是和我一樣高，

大家需要依靠我的眼睛，
這世上也只有我可以這樣做了，

所以我已沒法依靠別人的眼睛了，

就繼續用盡我的能量，
去察看每件事的問題吧。

高敏型眼睛的致敏原

高敏人和精神內耗的關係

高敏人善於發現周圍的環境波動和他人情緒變化，
這種高度的敏感性可以讓他們在處理複雜的
人際關係方面表現出色，
也能夠很快對事情作出準備和反應。

由於很容易看見漏洞和瑕疵，也養成了完美主義的性格。

過度的反應，又想事情符合他們對完美的期望，
令他們總能夠在生活中收穫得更好成績，
但同時也導致他們容易過度思考和內心充滿掙扎。

所以高敏型眼睛既有正面的一面，
但也會帶來一定的心理負擔。

當高敏人遇到挫折或批評時，
他們會過度解讀這些經歷，
導致自我懷疑、焦慮和抑鬱等情緒問題。

這種內心的壓力會讓他們感到精疲力盡。

你的安心來自於在完美的事情中找出不完美？

眼前的事沒法看出不完美……

是自己做得不好嗎？

還是只是自己能力不足，所以看不到？

因為自卑，所以很相信眼睛的你，
面對自己的事，就選擇不相信。

你去詢問別人的眼睛，

直至你問到一個會批評的人，
你的心反而得到了一份安然。

那麼，你的眼，是視力很好，
還是不怎麼好？

勿放大自己的缺點、看輕優點

把別人的優點放大，

同時把自己的缺點放大，

這樣子的比較，
誰也知道一定是不公平的吧？

你的自卑模糊了自己視線，

一直相信自己雙眼的人，

有否想過雙眼看到的其實不如你想像般清晰？

<u>為著別人的快樂耗費能量，亦要相信別人。</u>

因著你的愛，你內心充滿同理心，

你獨有的洞悉力，為你找出人群中的悲傷者，

你成為了很多人的拯救者！

雖然你知道自己的精神能量已耗盡，感覺很累。

但你又沒法忽視你發現到的傷心者……
你感到痛苦。

不如放心閉眼休息吧！

其實在每個你看不見的地方，

每個人也正努力地完成自己的生命課題。

太強的洞悉力會嚇跑別人

有時太強的洞悉力和同理心⋯⋯

會嚇跑身邊的人，

不想被你發現，他們更賣力掩飾，
難免也影響著你的人際關係。

既然終會如此，
你也不用太過著力吧。

不用凡事看得太清，
嘗試多半閉雙眼，

你漸漸重現的親和力，
也許能令你看到更多人際關係內的美好。

<u>別太在意別人的目光，
不是每道信息都能被你看破。</u>

你很能發覺別人的目光，所以當你正在發表什麼時，
你很能發現當中有懷疑、有疑惑、有擔心、有不信任……

你為此感到困惑，
但其實這些目光總是來自對方對你的「不明白」，
多於真實對你的質疑。

不要只相信自己雙眼看到的，
只是他們的不明白，透過目光投放到你身上。

不妨用聽的、用說的、用接觸的，
去了解別人真正的意思，

讓身體的其他部分為你分擔
你眼睛耗掉的能量。

讓眼睛看見自己擁有的東西吧

你能看見眼前有很多人，他們擁有很多東西……

但自己什麼也沒有。

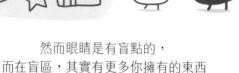

然而眼睛是有盲點的，
而在盲區，其實有更多你擁有的東西
沒有被你看見。

所以與其花掉氣力去追逐，

倒不如拿出一面鏡子映照出自己的樣子……

其實你想要的，
很多都已經被你所擁有。

即使你擁有超人般的視力，
也不必每次都用盡所有能量，

因為世界的美麗來自於近視和遠視。

把美好的，聚焦去看；
把差的壞的，放遠去觀察。

世界的美，也就有如加上了濾鏡的相片一樣，
不用永遠都那麼清晰，
不用看得過度通透。

這一點點的浪漫化，
就是讓生命變得更美好的秘密！

塵與高敏型耳朵

我想聽見大自然的低語，
我渴望聆聽世界給我的信息，
然而在人們言語的背後，
我聽見了繁雜的喧囂。

我無法封閉我的雙耳，
去辨識那一點真實的聲響。

直至我慢慢學習到
如何在混亂中找到自己的聲音，
我才在生活中
找回屬於自己的一片寧靜地。

説話背後的真意也許是美麗的

你知道人的話語，總有修飾。

比起說話內容，你更留意語調、語速、語氣。

你會透過耳朵，去分析別人真正的想法。

這種技能，使你能夠發掘出
別人的真意；

只是有很多時候，真意未必都是美麗的。

別人以為拚命修飾用詞，
為你製造美好的時光，

但原來只換來你無限的疑惑。

公平地聽出好評和劣評

讚美的話語，背後隱藏的是客氣；

批評的話語，背後隱藏的是真心真意；

在讚美和批評間，
耳朵總是特別偏好批評的話語。

讚美在被忽略後，也變得不怎麼說話了，

世界只留下批評的聲音，

擁抱批評的你，
漸漸地接受自己是如何的差勁。

否定的聲音的真正來源

你要努力一點；

你要更加小心；

你這樣是不足夠的；

很多很多負面話語，
都誘使你花能量去令自己做好一點。

你以為聲音是來自其他人，
但他們其實什麼都沒有說，

更多的聲音來自於
你自己說給自己聽的話。

誘使你花掉更多的能量。

聽了太多人的意見，混亂了自己的思緒。

你很好，詢問很多不同人的意見，

你的耳，從中又聽出很多不同的信息，

使你的思維擁有了360度的視點。

可是，每道聲音都在拉攏你的本意，

你的思緒，漸漸地失去了本身的立場，

你原本想釐清自己的想法，
但太多的聲音，
使它們變得更混亂了。

聽從指令的身體是最值得稱讚的

聽了很多人的意見，

他們為我指引的路令我到達了目的地！

令我知道別人很可靠；
但是否代表我自己就不可靠了？

請記得，
別人的意見只是意見，

真正令你走出困境的，
是你自己的身體。

成功的路是由你身體走出來的，
多多欣賞它吧！

高敏型耳朵的致敏原

高敏人的內在特質

高敏型耳朵，能夠捕捉到聲音中蘊藏的資訊。

從用詞分析言語間的真偽；從語調聽出說話背後的含義。
這種細緻的感知能力，使高敏人能發掘他人的情感和真正意圖。

同樣地，高敏人也覺察自己的說話也會被理解和解讀，
若他們擔心自己的脆弱和真實情緒會被他人看見，
就會作出刻意隱藏或壓抑自己感受的行為。

也由於他們的高敏能力，令他們可以把情感隱藏得很好。

慢慢地，他們會選擇逃離繁囂的環境，
刻意逃避社交和溝通，
為的是保護自己不受情緒過度的影響，
這是自我保護的一種方式 。

從説話中抽取正能量成分

多數聲音只會聽一次。

如果第一時間從中聽出壞的信息……

你對這聲音的記憶只會留下差的印象。

不如改變一個習慣，

先從説話中聽出好的地方……

令你對這聲音有好的印象，
讓你每次想起來都能補充能量。

也許別人的故事已聽得夠多了

本想透過聆聽別人的故事去學習……

但聽著別人精彩的故事，
就懷疑自己的人生為何沒那麼精彩了…

本想從中得到啟發的你，結果換來對自身更多的不滿，
不但消耗了信心，還把焦慮和憂慮加劇。

這時，不妨蓋上自己的耳朵，

好好專注在自身的事業上，

你未必是因為還沒聽到足夠的道理，
所以未成功……

可能只是花了太多時間去聆聽別人的故事，
而誤了創造故事的日程。

把聽到的情緒丟到一旁去

你很好，是很好的聆聽者，

任何的心事說給你聽，
都能令講者放下自己的壞情緒。

你聽了很多困難，
都用心地放到內心的房子中。

但不要忘了，你需要收拾情緒——
即使那些是別人的。

終有一天，
你要消耗自己的時間和精神去整理。

嘗試把聽到的，
在話題完結後，就丟掉。

你沒有為別人保管情緒的責任。

不是只有你聆聽別人，別人亦會聆聽你。

別人說的話，有你用心聆聽……

同樣地，你說的話，也會找到合適的人去聆聽。

雖然內心的話，
未必能完全以言語完美表達出來……

但和你一樣，他人也會在你淺白的文字中，
聆聽出背後的意思來！

不是只有你有耳朵的，

其實你身邊很多人都豎起耳朵，
等候著聆聽你。

有時……
說話背後的真相過於殘酷，

人們才會修飾言詞，
為免對聆聽者做成傷害。

為了感謝發言者的小心，
我們大可多點相信發言者
字面上的意思。

不過分解讀某些話語，
不把能量消耗在推理上，
把能量放在相信上。

至於明顯的謊話……
根本不需要你的耳朵去分析。

基本上很多的線索也能令你知道——
他是壞人。

塵與高敏型腦袋

在我誕生於世上的起始時刻，
你已與我相伴，在紛亂的思緒中，
你不停地為我處理複雜的資訊。

分析人與人之間的微妙關係、
深思擁有或放棄的真正意義、
預測每一個決定背後潛藏的可能性、
學會如何公平地分配愛的資源。

你總是透過深思熟慮，
努力讓我的生活變得更美好……

我想知道，你是否也感到疲憊呢？

你能預見很多事情的發生，但世事總有驚喜。

你很懂得去猜想故事的結局，

每一個場面，每一份線索，都為著你的推測送上證據。

這份安全感，令你大概知道你會得到什麼，感受到什麼。

然而現實更多事情，
人心、環境、氣氛是不可推測的，

若要分析，恐怕可以構思數十款不同結局，

你花掉大量的精神去猜想，
希望能洗去這種不安感。

卻沒法看出事情的來龍去脈，
也沒法改變事物真正的走向。

<u>想出很多方法忠告別人的你，</u>
<u>不妨把過程當作是娛樂。</u>

為別人的事進行推理，進行分析，

終於得出了理想的方案
去面對不同的問題，

怎料，他卻什麼都不接納，

這份功課，是為了愛他，
你才會去做，

而應用與否，
就是他的人生課題了，

結局如何，
都是他的人生，
你就當享受了推理的時光好了。

做好準備迎接好和壞的結局

為事情想了很多好的、壞的結局……

因為好的結局都是甜美的，不需做什麼處理，
所以不需理會。

你的準備，是為了壞的結局
去做好吃苦的心理準備。

你的腦袋在期待著的是苦的結局，
因為這樣就可以證明你的猜測是正確的。！

所以當結局被揭曉是好的時候，
你反而沒有做好準備去慶祝。

幻想中的完美永沒終點

即使事情的終點是「美好」的，

但它總不會是「完美」的。

步向終點的過程也不會是完美的……

結局的方式也不會是完美的。

完美，
只是腦袋構思出來的假象，
若勉強要現實像童話般美好
才能夠真正快樂起來的話……

你的能量永遠沒法在現實世界中得到補充。

以快樂成為旅程中的補充劑吧

力求進步的你,
知道什麼才叫真正的好。

就算別人說你很好,
你也知道跟真正的完美
仍有一段距離……

甚至若現在有點小成功而興奮,
你也會感到罪疚。

不斷反省的你，
在每個里程碑皆沒有得到快樂作補給，

不懂得在途中獲得一些快樂
去補充能量，

那麼只會在旅程的尾聲
感到愈來愈乏力，
以致距離心中的「完美之地」愈來愈遠。

身體和腦袋共同負責制

跌倒了！

「早知道了，我一早就知道這裡有陷阱！」

「我真的很蠢，明知會發生，
但是依然犯錯。」

當你的身體沒有執行腦海中的想法時⋯⋯

其實是你和腦袋
共同合作的決定和結果。

當你責備腦袋的同時，
正傷害身體和腦袋的關係。

我是有責任的

每個行動都需要身體和腦袋好好配合，
才有好結果。

構思了一道又一道限制，
令你受困。

因為一些原因我必須留在這裡，

因為一些因素我沒法走出去，

當我一離開，結構就會崩壞……

我就是這樣的了，沒有人可以幫我。

我只屬於這裡……

限制的繩，只是腦袋為你綁上。

高敏型腦袋的致敏原

高敏人的思考方式

高敏型腦袋愛透過思考邏輯及感官直覺深度發掘事情，
對事情總能表達出與別不同的見解。

由於這種特質，使高敏人無論在工作上的計劃、
朋友間的關係，以至預計事情的變化上，也有不錯的表現，
所以高敏人常得到稱讚，也成為他們的自信來源。

但這種思考方式亦伴隨著太多的自省、太多的預計，
當現實世界發展沒有依照腦海裡的劇本進行時，
高敏人便會感到處處碰壁，影響自身的情緒。

喜不喜歡，恐不恐懼，由身體作主。

你的腦袋知道眼前的人
不足為懼；

理性分析所有的因素
都會影響到你。

可是，你的身體仍在顫抖，
其實你很害怕面對這個人。

你希望以理性去戰勝身體，

這舉動卻進一步傷害了內在的自己。

恐懼時，便承認恐懼吧！
身體一定會從中得到啟發去面對的。

腦海的理性和身體的感性之間，
不妨多略過腦袋，相信直覺。

你的腦袋早已設立了極高的標準

想像出來的完美劇本⋯⋯

但實踐出來卻不甚了了。

為此不安的你⋯⋯
意外地得到很多人的贊同。

你腦海沒法推斷為何會有好結果。

原因只是你的完美劇本，
早已是極高的標準，

只要能夠實現出來，
在旁人看來已經十分好。

放心創作你的人生劇本吧！

過度反思會誤解了世事的信息

和她約會了一整天……十分開心呢！

但你卻反覆想著約會時可能說錯了的一句話，
你自省、你自責。

你構思了100個可以改變的方法，
並決定在下次加以改善。

但她在今晚睡得安穩，
沒有把你的話放在心上，
她只記得和你共度了一個美好的晚上。

<u>體驗腦中的恐懼，使其不再恐懼。</u>

很多腦海閃出的「不可能」
源自於深藏在腦海的恐懼，
又或者基於聽過的事情而幻想出來。

每次的想像，都對身體做成不同的消耗，

令你更加沒有能量去面對眼前的事。

不要用腦，
親身體驗那些恐懼吧！

恐懼的事，經歷過，
很多都會變得不過如此。

不斷的體驗，
慢慢就會適應刺激，

原因是……
想像不會令你成長，
但體驗會。

再精密的分析也敵不過自然

計算再好，

世事的變化總是出乎意料之外，

驚喜，是這個世界精彩的地方，
人的能量又如何戰勝大自然？

不如在做好準備後坐下來，

靜靜地觀察大自然的變化，

用心感受劇情，
享受途中的高低起落。

減少在腦中繼續做功課，
犯傻可能更快樂。

腦，很喜歡想東想西，
也喜歡推理任何事情……

想出無限的可能，

使自己很疲累……

有時不妨叫自己鈍一點……

和別人一起犯蠢吧！

可能會得到意想不到的快樂。

腦，是所有感官的思緒中央……

他敏感時，
五感也會異常敏感。

我們可能會花很多時間和精力分析和思考問題，
試圖找到解決衝突的方法。

他想歪時，
五感也會特別負面。

內耗人可能會過度自責，將問題歸咎於自己，
並認為自己是衝突產生的主要原因。

接受腦袋也有軟弱時，
有時努力有時犯蠢……

偶而隨直覺去處理所有問題，

世界的運作，
未必全部能被你的腦袋解讀。

塵與高敏型感覺

我的感覺
和他人的感覺
產生的共鳴就是共感。

因為共感，
使我明白他人的痛、
他人的快樂。

為了使我的感覺好一點，
我選擇隱瞞自己的真實感覺，
也許這會令世界感覺好一點吧？

別人的痛楚不必擁抱在身

同理心滿溢的你⋯⋯

總是能體會對方的感受，
加以擁抱，

你因此治療了很多人的傷勢。

你撫平了對方的痛，
但同時亦共感了對方的痛。

你來不及治療自己，
使自己受著不屬於自己的傷⋯⋯

在休養。

利用你獨有的共感力去快樂

共感力十足的人，

看一套劇都能夠抑鬱上一陣子。

知道自己有這種特質的話……

不妨多看快樂的電影，
共感身體缺少的快樂。

在這個艱難的世界中……

選擇如何使用共感力，
也是好好地活在世上的好方法。

不要期待別人用你想要的方法對待你

你感覺有點不妥，

身邊的人卻看似傻傻的不知道，

你對別人的不體諒感到憤怒。

也懷疑對方沒有真心愛著你，
站在你的立場思考……

也許，其實你也沒法感覺對方
所感覺的，

也許你的舉動也正在令他失望。

疏於溝通，只會換來疏遠。

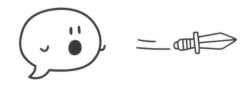

因為説出「感覺」這回事，感覺是在給人意見⋯⋯

所以遇上某某踏到你的底線時，

卻因為怕言語誤會而不去解釋。

別人沒法拿捏好你的底線，

你也只把情緒藏在心中……

那麼關係變得疏遠也是必然的事了。

常為別人哭泣，
不代表能排解自己的情緒。

為了世界問題而感傷……

為了不公的事而哭泣……

流出的淚水已填滿海洋。

為什麼還有很多的情感
積存在心？

憂慮不同事情的你……
卻忽略了內心真正的情感。

使眼淚在情感的世界中迷了路。

一直在隱瞞感受的你，才是最麻煩。

你希望別人明白你的感受，

但又怕別人嫌你麻煩，

你把感受收藏，裝作沒事，

更把真實的想法愈藏愈深。

直到某天……再也忍不住時，

你終於瘋狂大叫！

當初你害怕麻煩別人，
現在的你卻令別人非常麻煩。

高敏型感覺的致敏原

高敏人的真正感受

高敏人在處理自己的情感時，
習慣重複分析和思考。

他們可能會不斷問自己是否應該感到悲傷或憤怒，
或者是否應該原諒某些事情，
這種不斷的自我評估和分析會使他們感到疲憊，
也導致沒法確定自己真正的感受而困惑。

同時，高敏人也非常理解和關心他人的感受，
這是因為他們能夠深刻地感受到他人的情緒。
這種同理心雖然是一種美德，
但有時也會讓他們感受到情緒上的負擔和壓力。

不用比身處其中的當事人反應更強烈

聽見很多不公的事情，

你憤怒，你用盡很多力量去反抗，

甚至比當事人更賣力，

更否定了當事人選擇的立場，

從此以後，
別人的問題，成為了你的問題，

你把問題揹上，
為自己的生命增添壓力。

適當的邊界感，是人和人的安全距離。

人和人之間的感覺其實有著聯繫。

大家都是人啊，
你的遭遇和感覺，也大致相同的。

但為何大家卻難以分享？

只因每人都在拿捏著和你的邊界感……

應是很近，還是遠離一點呢？

你的反應若要附和的話，
我的角色又是否不妥當呢？

在想接不接受愛護之前，
想一想，只是人和人之間的邊界影響了共感的距離。

放大情緒，因為好想別人也能看得見！

當感到不妥……

身體沒有很多的線索給別人看到，

所以選擇把情緒放大！

放大到誰都知道你正面對問題，

你得到了別人的關心……

卻也得到了愛人的擔心，
真正愛你的人才不想壞情緒成為傷害你的巨人。

為著愛你的人，不要把情緒放大，
在它還是小的時候，就與人分擔吧。

總能找到同溫層的伙伴

看完一個感動的故事……

卻沒法把這種感動推介給別人，
即使是和你最親近的人。

你認為世上沒有人和你有相似的感受……
令你感覺孤獨。

但這種感覺可能與世上陌生的某個他有所聯繫，

在找不到對方之前，每個人都有孤獨的時刻，

所以我們才需要上網圍爐，
超越地區和時區。

不需要對他人的事過分在意

我明明感覺到他有危機，

卻沒有及時通知，

我自責，我內疚沒有幫助那個他。

你送上道歉，換來了對方的不理解，

他的人生，總有課題要上……

你不需要對身邊發生的
所有事都有反應。

總是很懂得處理現場氣氛的你快樂嗎？

因為很能感覺到大家的感受，

你很懂得看場合，
處理氣氛……

説盡別人想聽的話。

大家都很滿意今天的活動，

雖然耗了些能量，

但看到大家都這樣快樂，
你也感覺很快樂。

由於共感了太多的感覺，

使高敏人有時難以判斷
哪個才是自己真實的感覺；
對自身該採取什麼行動，
也變得十分混亂。

為了遷就別人的感覺，
佔用了身體的能量。

所以，請先停止接收外來的信息，
辨別好自己的感覺，
再從這感覺去給這個世界反應吧。

這樣就不會被外界的信念改變初心，
也更好的把感覺和別人分享，
讓別人也為你的感覺騰出位置，
使你的真實感覺在這世上
重新規劃出存在的空間。

塵與高敏型內心

我的心啊，
常在矛盾和掙扎中徘徊。

為了讓自己稍感安寧，
有時我選擇忽視真正的心聲。

若這世界上每個決定都追隨心意，
可能只會讓心更加破碎。
為了保護脆弱的心靈，
我努力為它建立一道道圍牆，
直至我筋疲力盡。

內心的價值觀衝突

不要怪我總是看起來很疲累⋯⋯

內心為著不同的信息而爭執，

即使得出共識，
能量也被耗光了⋯⋯

雖是一個簡單的答案，
其實已用了九牛二虎之力……

害得旁人都叫我們「隨便一點」，
不用太辛苦。

但由於我的心對 「隨便」 這字非常抗拒……

所以依舊在用自己享受的方式工作。

騰出時間，整理自己內心的房間。

花費了很多氣力去整理別人的房子……

你成為了收拾內心的專家！

你帶著很多經驗回到自己的心房，

卻無從入手……

因為你一直在逃避整理這間房子，
你總是花時間去整理別人的心房……

所以即使你是收拾內心的專家……
但對於收拾你的心房，
你的經驗是零！

世間從沒有絕對的對錯

因為有先想自己是錯的特質，

所以在人前更加不能行差踏錯⋯⋯

很用心很仔細的處理每一件事，
做個凡事都對的人，

犯錯時更把自己藏起來，
不為人所發現。

但世事不盡是在對與錯之間，

要絕對的對，會讓你的心
只有非常有限的活動空間。

在絕對的對面前，是否每一件事都是錯呢？

錯了又如何？ 人總是會犯錯呢！
因此我們才能看到不同的風景。

我們的價值，由我們來決定。

很想知道別人覺得自己怎樣，

好的意見，壞的意見，
我都想聽。

我希望別人的評價能使我進步，
提高我內在的價值。

可是把價值的定義都放在別人身上，

你的心自此失去決定你價值的
權力和話語權，

使你獨處一人時，
沒法證明自己的價值。

偶而不依心而行，也能有趣。

因為內耗使自己很累了⋯⋯

所以我開始嘗試用世界的方式去活，
隨心一點，簡單一點。

面對內心太多的疑問，
也選擇忽略不聽。

然後發覺，能量好像沒有消耗得如以前般快，

雖然我和我真正的心好像分開了，

但其實大家都在發掘相處的中間點，

這種有點距離的關係，
好像還不錯。

高敏型內心的致敏原

高敏人的心聲

由於對情感的敏感，
高敏人的心總是尋求深層次和有意義的人際關係，
表面的交往往往無法滿足他們對深度和真實性的需求，
所以他們渴望與他人建立真誠和充滿理解的關係，
這種關係能夠給予他們情感上的支持和安全感。

高敏人亦喜歡閱讀空氣，討論每件事情背後的故事，
從日常生活中發現美，
這些美好的事物可以為他們提供深刻的心靈慰藉和精神上的滿足，
並從中獲得精神的慰藉和能量。

高敏人往往渴望他人能理解他們的敏感本質，
並接納他們對情感的深刻體驗。

他們希望周圍的人能夠認識到他們的特質，
不會因此感到被孤立，
而且能得到支持和肯定。

適時回應自己的心聲

心聲是很珍貴的，
就算是苦、是甜，還是怪味……

心聲也是補充生命能量的重要素材。

但心聲也是有期限的……

若習慣把它收藏，遲遲不聽……
這心聲會過期。

過了期的心聲，已沒有了營養，

再次吸收，也只會對身體造成傷害。

不要害怕告知別人你的麻煩

什麼是真正的麻煩人？
什麼是只發表立場的意見者？

我們在內心做過很多不同的調節……

曾試過自己處理，不打擾別人，

亦試過把所有事情推到別人身上，完全打擾別人，

但發現，別人的承受能力遠比想像中的來得高，

原來麻煩，也會為人所接受。

珍惜能容納你心的那個人

終於遇上願意聆聽自己的人了，

所以不斷地向對方傾訴自己的想法和邏輯。

有對方的心分擔我的想法，
真的太好了！

只是每個人心中也有其容量……

有些人甚至放棄自己的事，
來騰出內心的空間去包容我。

為著這個愛我的人，
我決定也把內心的容量騰出一點……

好好包容她。

太多的反省，只會耗費能量。

犯錯了，必然會被人看不起⋯⋯

但原來也被大家接受呢！

犯錯了，雖然有點羞，
但最後只引來大家發笑。

自省的必要，在於進步，
做好一點，實力高一點，
就能在世界活得好一點。

但世界並不需要100％完美的人，

偶而犯傻一下……
原來也是做人的可愛。

不誠實表達真正的內心，
凡事便不能盡興。

在建立關係前，
總是努力修飾真正的自己……

因為害怕沒人喜歡真正的自己。

結果在加深了解後，才知道彼此的愛並不相通，

生命的能量也就這樣漸漸失去……

即使是怎樣的內心，
也會有愛它之人，

嘗試公開地表現你真正的內心，
你才會真正找到能接納你內心的人。

心的想法總是出人意表

有時也不知道自己原來是這樣想的……

直至到了那個場景，
才知道自己介意；

原來在某個時份，自己是會感動的。

想了這麼多……掙扎了這麼久，

和內心相處的這幾十年來，
他仍仿似是陌生人，

這真好……

原來仍有很多地方讓我關心和發掘。

心的反應，總是出人意表的⋯⋯
敏感時，每一絲微風都能引起痛楚；
堅強時，任何打擊也動搖不到它。

它常發掘出生命隱藏的美好事，
那時真的很快樂；
它亦能因空氣間的波動而產生情緒，
困惱亦因此衍生。

心的跳動，隨著經驗的增長⋯⋯
慢慢地懂得把呼吸放慢，
慢慢地把步伐放緩⋯⋯

然後心學到了，這叫「鈍感力」。

對某事不要太刺激，
對某事不過度反應⋯⋯

鈍感一點，不是讓自己變得冷漠無情，
而是嘗試把心與自然的節奏同步，
在現實和理想間，
找到一個令高敏安寧的平衡點⋯⋯

從容面對世界的變化，
珍惜生命的每一份能量。

為什麼要給我
高敏的感官？

高敏的塵，總能感應世界微小處，
這本是天賜的禮物，
但能量亦不知不覺消耗得更快更多。

若然感覺累了，不妨閉上兩眼，掩蓋雙耳，

婉拒世界一切的聲音，

對某些信息，選擇不接收；

對某些秘密，選擇不去發掘；

用天賦的敏感，
洞悉自己的身體和精神狀態。
也把能量用在看見世上美好一面上。

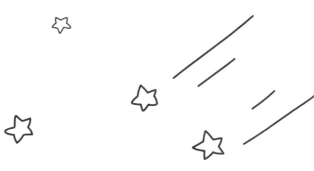

塵發現，
原來真正的快樂，
並不在於把每件事都理解透徹，

留一點空間，是幸福的藝術；

世事的運作，亦用不著我們親自去操控，
任由事情發展，

世事不盡然會發展到如我們所預料的結局，
處處是驚喜。

天賜給我們敏感的反應，
就是為我們升級頭等艙，
在生命的旅程中，

更好地感受，更好地經歷。

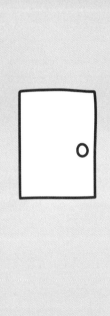

國家圖書館出版品預行編目（CIP）資料

高敏塵抗內耗手記 / 陳塵 Rap Chan作. -- 初版.
台北市：香港商亮光文化有限公司台灣分公司，2025.02
面；公分 --
ISBN 978-626-98717-5-9 （平裝）

855   113019519

高敏塵抗內耗手記

作者	陳塵 Rap Chan
出版	香港商亮光文化有限公司 台灣分公司
	Enlighten & Fish Ltd Taiwan Branch (HK)
主編	林慶儀
製作	亮光文創有限公司
設計	Dustykid Limited 塵有限公司
地址	台北市大安區敦化南路一段170號2樓
電話	（886）85228773
傳真	（886）85228771
電郵	info@enlightenfish.com.tw
網址	signer.com.hk
Facebook	www.facebook.com/TWenlightenfish
版權代理	Dustykid Limited 塵有限公司
電話	（852）2618 6158
電郵	info@dustykid.org
出版日期	二〇二五年二月初版
ISBN	978-626-98717-5-9
定價	NT$380 / HKD$118